타임슬립

책 만 드 는 집
시인선 257

타임
슬립

김나비 시조집

책만드는집

| 시인의 말 |

눈 내리는 아침
월문리 창가에 기대어 밖을 본다.
눈 오는 날이면 여러 명의 내가 나를 찾는다.
창을 사이에 두고 말없이 만나는 우리,
너무 오래 내리는 눈은,
너무 길게 나를 내 앞에 세워둔다.

2024년 겨울

김나비

| 차례 |

2부 밤 사냥

3부 피사의 사탑

4부 붉은 한 끼

1부

물음도원

아르누보art nouveau*

식물처럼 쓰러져 울지 않기로 약속해요
머리를 풀어 헤치고 높이뛰기를 해봐요
단번에 훨훨훨 휘는 불꽃이 될 수 있어요

우주선에서 내려와 첫발을 떼어볼까요
마음을 손에 들고 저글링을 하면서
구겨진 시간을 펴고 새로이 출발해요

절룩이던 초록별의 기억은 버리세요
당신이 당신에게서 먼지처럼 자유로운 곳
여기는 아르누보죠 지금부터 시작이에요

* '새로운 미술'이란 의미이며, 19세기 말에 유럽에서 일어난 특수한 미술 경향.

물음도원

데이터를 내려받고 플랫폼에 들어가요
일상의 틈 속엔 별천지가 숨어있죠
아바타! 다인칭의 내가 그곳에 살아요

클릭 한 번이면 날개 없이도 하늘을 날고
노랑머리에 장검을 들고 바다도 건널 수 있죠
손안의 무릉도원이 끝없이 문을 열죠

입장과 동시에 팔로워들이 반겨요
아바타가 된 멋진 나를 나조차 믿기 힘들죠
황홀한 메타버스* 속 다른 삶을 즐겨요

이름과 얼굴 피부색도 수시로 바꿔요
어느 날 문득 무릉이 물음으로 변하겠죠
당신은 누구인가요 알맹이는 어디 있나요

* 현실을 초월한 온라인 공간으로 아바타로 살아가는 세상. 가상현실보다 한 단계 더 나아가 경제와 교육 활동도 가능한 곳. 'meta'와 'universe'의 합성어.

당신을 지워드립니다
–디지털 장의사*

난류와 한류가 만나는 인터넷 바다
은밀함이 출렁이는 가상공간에 밤이 들면
하나둘, 어화를 켜고 누리꾼이 몰려들죠

포인트가 정해지고 의자를 당겨 앉아요
삭제할 정보를 꿰고 추를 멀리 던지면
커서가 빛의 속도로 사이트를 찾아가죠

시간을 감았다 풀며 웹서핑을 하다 보면
싱싱하게 복제된 루머가 손맛을 당겨요
떠도는 악성 댓글은 미늘처럼 상처를 내죠

비릿한 동영상이 유통될까 염려 마세요
촘촘히 삭제하고 잊힐 권리 찾아요
제로의 디지털 기록, 온라인 족적 염殮해드려요

* 인터넷상의 불법 게시물에 피해를 보고 있는 사람의 요청을 받아 합법적으로 해당 게시물을 삭제해 주는 직업.

타임슬립

도착하면 무조건 뛰어 누구도 믿지 마
지난날이 후회되면 시간 속으로 건너가
통한은 얼어붙은 돌, 돌을 깨고 너를 꺼내

바꾸고 싶은 순간으로 고양이처럼 달려가
젖은 옷을 벗고 산뜻하게 다시 사는 거야
시간의 문이 열리고 넘어오는 미래 사람들

과거를 가방에 담고 벌거벗은 채 착륙한다
마블링이 된 시간 속 말라가는 오늘에서
얼룩진 순간을 닦고 새로운 어제를 살아

번아웃*

우리는 돌연변이, 불가해한 지구의 종양
육체 사별 프로그램을 다운로드한 뒤에
몸속에 자멸 센서를 장착하고 실행한다

생각이 조각나고 액체처럼 살이 흐른다
명치에 붉게 번지는 축축한 기억들
영혼은 무엇이었나 왜 육체에 갇혀있었나

변형과 복제된 연속 공간이 열리고
좌표도 시간도 없는 무한 현간玄間을 떠돈다
깔리는 두꺼운 침묵, DNA가 굴절된다

* 번아웃증후군burnout syndrome은 정신적·신체적 피로로 인해 무기력해지는 증상. '탈진증후군', '연소증후군'이라고도 한다.

디스토피아

심장이 팔딱이고 갈증을 느끼나요
슬픔이 파도치고 그리움에 뒤척이나요
착한 건 약한 거래요
더 약해지면 안 돼요

내반족內反足도 백 살 생일에 탭댄스를 출 수 있죠
증손자 결혼식 땐 시 낭송도 할 수 있어요
의식을 이식받으면
무엇이든 될 수 있죠

복제된 두뇌를 어떤 몸에 넣을까요
약한 건 죄악이죠 죄에서 벗어나요
여기는 디스토피아
사이보그 천국이죠

도플갱어

토끼를 뒤쫓아 굴속으로 들어간다
자꾸만 멀어지는 까만 시계 토끼*
가끔씩 뒤돌아보며 회중시계 쳐다본다

소란한 내 눈빛을 눈치 챘을까
거미의 신호줄처럼 출렁이는 눈빛
얼음 속 물방울처럼 고요하게 나를 당긴다

바닥의 바닥을 파자 점점 커지는 웜홀
선명하게 펼쳐지는 세계의 데칼코마니
표절된 또 다른 내가 숨 말리며 서있다

검은 올무를 들고 나는 나를 쫓는다
조여진 올무에 만개하는 붉은 꽃
초시계 우는 소리만 언 하늘을 흔든다

* 「이상한 나라의 앨리스」에 나오는 토끼. 나를 평행세계로 안내하는 자.

이주

시민 맞이 준비를 아네스 별은 마쳤습니다
센터 방문을 환영합니다 차례로 칩을 심겠습니다
남자는 생체인식 칩을 심으려고 팔을 내민다

이 주간 모집을 했고 순식간에 마감되었다
돈 가방 양손에 든 우선 선발 이주자들
하나둘 건물 속으로 먼지처럼 흡입된다

팽개쳐지는 한 남자, 지구처럼 널브러지고
가방 속 가짜 지폐가 거리에 흩어질 때
피 묻은 익명의 하루가 숨죽인 채 이운다

센터 문이 닫히고 우주선이 출발한다
소리치는 남자 위로 굉음이 엎질러지고
아득한 통점의 냄새, 검은 노을 가득하다

블랙 유토피아

피켓 들고 모여든 그림자 없는 사람들
죽을 권리 부여하라! 육체 재투입 반대한다!
광장에 쏟아진 구호 축축하게 얼룩진다

영원한 삶 가져온 원치 않는 시간 확장법
죽음을 돌려달라! 인체 복사기 해체하라!
영생을 반납하려고 정부 청사 간 사람들

죽음은 신도 못 가진 숨겨둔 몸속 보물
불로장생 필요 없다! 소확행* 원한다!
그들은 반란자 되어 쥐의 몸에 재투입된다

하늘에 잔별이 총알처럼 타투되고
죽음을 얻지 못해 늘어나는 그림자
함성이 찍찍거리며 광장을 갉아댄다

* '소소하지만 확실한 행복'을 뜻하는 신조어.

입전수수入廛垂手*

골라 골라, 손뼉 치며 신바람 장단 맞춰
허리에 전대 차고 시선 끄는 양말 장수
오늘이 마지막인 양
소리 높여 손님 부른다

혹한 속 칼바람이 검은 소처럼 날뛰어도
코뚜레 꿰어 잡았으니 추위쯤은 걱정 없다
헛가게** 벌여놓고서
한겨울을 건넌다

육거리 난전 위에 제 그림자 밟고 서서
소 찾는 눈빛으로 떨이 떨이, 외치는 건
청산이 깨우치게 한
마음속 본성이라

맨발로 돌아가는 우리네 인생마다
따뜻하게 양말 신겨 보내는 게 꿈이란다

알뜰히 가꾼 꿈 하나
불빛으로 익어간다

* '저자에 들어가 손을 드리우다'라는 뜻. 〈십우도〉에서 깨달음의 가장 마지막 단계로, 세속으로 들어가 중생을 구제하는 것을 말한다.
** 노점.

데드 캣 바운스dead cat bounce*

아홉 시면 생기는 방, 두근두근 문을 열죠
즐비하게 서있는 빨간 초와 파란 초**
싸늘히 식은 차트에 눈동자는 불을 켜요

줄을 선 외국인과 내국인 기관들 앞에
고양이가 튀어 오르면 가슴을 꼭꼭 누르고
입술을 질근 씹으며 남겨진 숨을 찾아요

잇몸을 파고드는 비린 피쯤은 삼켜야 해요
붉은 초 보려 아내 몰래 집을 잡힌 혁태 아저씨
혁대로 온몸을 맞고 쫓겨날지도 모른대요

서학이니 동학이니 아무리 몰려다녀도
개미는 개미인걸요 얼른 방문을 닫아야 해요
미련이 날을 세워도 고양이는 묻어주세요

* 죽은 고양이라도 높은 곳에서 떨어뜨리면 잠깐 튕겨 오른다는 데에서 기원한 증권시장 용어. 반등은 일시적인 현상으로 다시 더 심한 하락세가 이어진다.

** 캔들 차트.

빗소리 현상학

소리는 기억을 두드리는 징검다리
흔들리는 창문 사이로 빗소리가 건너오면
속울음 빗장뼈 풀어 지난날을 끌고 온다

먹구름 머리에 이고 걸어온 비탈길에
겹겹이 엉키는 애처로운 걸음들은
바닥에 부서져서야 일어서는 눈물 소리

절름거리던 시간만큼 소리가 쌓여간다
얼마나 울음을 풀어내야 길이 보일까
번지는 물무늬마다 햇살 몇 되 박혀있다

보디패커bodypacker*

함몰된 오늘을 안고 비행을 떠난다
밀봉한 캡슐 속에 내일을 담았으니
복통이 들쑤셔 대도 숨을 참고 견디자

장딴지에 경전**을 몰래 숨긴 칙사勅使는
마구니*** 눈을 피해 왕비를 구했다는데
무사히 보안검색대 통과할 수 있을까

흔들리는 링거 줄 아래 뒤척이는 여린 숨
뼈만 남은 일곱 살이 어룽어룽 맴돌면
긴장은 곧추세우고 움직임은 줄인다

식은땀 흘리면 안 돼, 구름처럼 걷자
쿨럭이는 병상이 비행운으로 피어날 때
내장 속 접은 날개가 살며시 홰를 치는데,

* 마약을 신체 내부에 숨겨 운반하는 사람. 일부 빈곤층 국가의 사람들은 삶을 위해 죽음을 불사하기도 한다.
** 『금강삼매경』. 신라 왕비가 중병에 걸려있을 때 묘약을 구하기 위해 당나라에 파견된 칙사는 도중에 용왕으로부터 경전을 받고, 장딴지를 찢어 그것을 숨긴 채 들어왔다. 왕비에게 그 경전의 강론을 듣게 하여 병을 고쳤다는 연기 설화가 전해진다.
*** 인도 신화에 나오는 사람 중 한 명이며, '마라'라고도 한다. 유혹하는 자, 잘못된 유혹에 빠지게 만들며 나쁜 선택을 하게 만드는 자라 불리며 사악의 화신 또는 해탈을 방해 공작 하는 사람을 의미한다.

2부

밤 사냥

알타미라*

수만 년 전 들소가 동굴 벽에 갇혀있다
상처 입은 몸으로 암벽에 숨기 위해
바닥에 숨을 고르며 고통을 참았겠다

입구까지 따라온 햇빛을 떼내려고
암벽에 기댄 채 머리 숙여 움츠린 몸
들소의 핏발 선 눈빛, 맥박처럼 두근댄다

어둠으로 연명하며 한기를 떨쳐낼 때
언젠가 뿔을 세워 광야를 휘달릴 꿈
태곳적 푸른 숨소리 아린 내로 박혀있다

* B.C.15000년경, 후기구석기시대에 만들어진 동굴. 스페인 북부 칸타브리아 지방의 동굴로 숯, 황토, 적철석 및 자연염료로 그린 벽화가 남아있다.

새의 화석

헤드랜턴 불빛을 목숨 삼아 맥을 찾다
힘줄같이 튀어나온 단층의 자취에서
추락한 비행의 궤도, 그 기억을 읽는다

동발*에 끼운 지주 순식간에 무너지고
찢어진 비명이 지하에 매몰될 때
짝 잃은 새 울음처럼 쏟아지던 탄가루

물소리로 연명했을 똬리 튼 야윈 죽지
어둠에 갇힌 채 생사의 경계 더듬으면
아찔한 창공의 허기 퍼덕일 듯 선명하다

날기 위해 움츠린 갱도에 묻힌 새
수인번호** 장성 34 가슴에 핀 이름 하나
땅속의 비행을 접은 한 줌 휴식 단단하다

* 땅속에 뚫어놓은 길이 무너지지 않도록 받치는 가설 기둥.
** 광부들은 작업복에 이름 대신 번호를 달아 명명했다.

안개의 잠언

그의 품으로 들어간 검은 세단이 주춤거리고
뒤쫓던 타이탄이 가드레일에 부딪히면
하얗게 팔 벌린 안개, 무언의 말을 푼다

매캐한 차의 연기와 뒤섞인 몸속에서
운명선 끊긴 청년이 허공을 응시한다
사는 건 형체도 없이 흩어지는 물방울

고양이의 주린 눈빛이 멈칫멈칫 난간을 넘고
가로등이 놀라서 깜박깜박 딸꾹질할 때
파르르, 버즘나무는 몸을 떨며 서있다

보이지 않는 것을 가득 담은 도시의 밤
말없이 유영하는 뿌연 소리가 퍼지면
아슴한 생로병사의 잠언에 흠뻑 젖는다

양파의 감정

새빨간 망에 담아 베란다에 던져둔 뿌리
물컹한 껍질 위로 미련이 싹을 내밀면
비릿한 묵은 감정이 자늑자늑 올라오지

무른 냄새가 코를 찌르면 벗겨내야 할 관계
너덜거리는 가슴은 훌훌훌 벗어던지고
헤식은 웃음소리도 한 겹 한 겹 까야지

햇살에 주파수 맞춘 따사로운 시간이 지고
삭풍이 불어오면 질퍽한 향은 버려야지
봄날은 또다시 오고 새 양파는 많다지

빗소리 현상학 2

마당을 두드리며 걸어오는 비의 맨발
쏟아지는 발소리가 마른 귀를 적시면
떨어진 발자국마다 당신 얼굴 고인다

발의 온기 담겨있는 주인 잃은 신발 위
쌓이는 빗소리는 시린 가슴 풀어헤친다
벗어둔 덩그런 이별, 피어나는 소연연*

바래버린 시간 속에 그리움만 길어지고
에두른 깔깔한 슬픔 빗소리로 닦아낼 때
멍울진 회색 하늘에 햇살 한 줌 피어난다

* 마음이 생기기 위해서는 색깔·형태·소리·냄새 등 감각 대상이나 개념·관념과 같은 사유 대상이 있어야 한다. 대상이 없이 마음이 생겨날 수는 없기 때문이다. 그래서 이러한 인식 대상들을 '소연연'이라 불러 마음의 생성 원인에 끼워 넣는다.

밤 사냥

회화나무 가지에 달이 찔려있다
새하얀 달의 신음이 나비처럼 내려앉고
어둠이 흐드러지게 검은 피를 흘린다

달빛에 버무려진 우물이 몸을 풀고
차가운 두레박으로 물을 올리는 시간
밧줄이 기억 끝에서 너를 건져낸다

팽팽하게 날이 서서 돌아서던 그 밤
한 그늘 품은 이끼 둥글게 번진 사이로
네 얼굴 출렁거리며 눈 속으로 걸어온다

조여오는 손끝에 휙 부는 바람 소리
숨죽인 부엉이 멈칫대며 울어대고
명치 속, 빠듯한 너를 시리게 맞는다

드라이플라워

의자를 밟고 올라가 떨리는 몸을 벽에 건다
발가락 끝으로 밀자 대롱거리는 지난날
사는 건 잠기지 못한 수도에서 듣는 물방울

제라늄이 충혈된 눈빛으로 쳐다보고
커튼이 펄럭이며 내려오라 손사래 칠 때
햇살은 긴 칼날을 빼 온몸을 찌른다

택배 기사의 노크 소리만 현관을 들락거리고
퀴퀴한 시간이 굴러다니는 임대아파트
적막이 야윈 몸 위로 켜켜이 쌓인다

문에는 광고 전단이 기미처럼 나붙고
토사물 같은 고지서들이 바닥에 뒹굴 때
바사삭 멈춘 꽃잎 속 마른 미소가 환하다

물고기자리*

한 입 베어 물면 몸 안에 퍼지는 소리
꿈틀꿈틀 유영하는 골목의 등뼈 위로
거나한 노랫가락이 타박타박 걸어온다

부스럭대는 검은 봉지에 발소리가 포개지면
외눈박이 가로등은 리듬에 맞춰 윙크하고
별빛은 비틀거리는 그림자를 비춘다

휘청이는 밤을 접으며 웃음 짓던 당신
위 속에 팥알 같은 종양을 숨긴 채
빵처럼 부푼 몸으로 붉은 꽃을 토하던,

별빛을 등에 지고 붕어빵 내밀던 아버지
문득 하늘을 보면 꼬리 흔드는 물고기자리
말없이 반짝거리며 골목을 내려다본다

* 물고기자리는 서로 연결된 두 마리의 물고기가 반대 방향으로 헤엄치는 모습이다.

발의 소묘

일평생 널배*를 타며 칠 남매 길러낸 발
발등엔 푸른 핏줄이 수초로 피어있고
휘어진 발가락들은 골목처럼 어둑하다

갯벌 깊이 뿌리내리고 허기진 시간 캐는 발
캐도 캐도 컴컴한 펄에 갈매기 울음 펄럭이면
해맑은 자식들 모습 환하게 피었을까

황혼이 펄을 적시면 지친 하루를 밀며
널빤지에 몸을 싣고 서둘러 뭍에 올랐을
어머니, 야윈 발 위에 별빛이 내려앉는다

* 갯벌에 빠지지 않게 만든 작은 배.

나무의 기억법

여름을 키우느라 햇살에 힘줄 돋아
물오른 초록들이 주름살 펴는 오후
꽃 피는 가지 아래에 바람 줄이 수런댄다

햇살의 씨줄 뽑아 바람의 흔적 꿰맬 동안
허기진 홑마음에 일렁이는 주름의 길
부르튼 맨발을 뻗어 강물 소리 듣는다

깊이 팬 새김 줄에 한 호흡 걸어놓고
시푸른 상처 위에 매미 울음 덧칠할 때
환해진 생의 기억들, 풀 비린내 후끈하다

사과

저녁놀을 한칼 베어 온몸에 두른다

태양과 빗물이 한여름 뒹굴다 간 자리

뱃속에 하얀 살점들 뭉근하게 익는다

손바닥 칸타타 2

웅크린 몸을 펴봐 무엇을 쥐고 있니
단단하게 박인 굳은살 빼곡한 주름 사이
옥조인 삶의 무게를 저 홀로 부여잡은 손

메마른 저수지처럼 조각조각 갈라진 날들
바람이 읽고 가서 빗물로 울어줄 때
그제야 제 몸을 펴고 타는 가슴 적신다지

아이 때 흐리던 주름 어른 되면 진해지는 건
비에 섞인 저린 사연 수북하게 받아서라지
모두들 너를 보면서 앞날을 예측한대

구름이 가닥가닥 풀어져 내리고 있어
몸을 열고 가만히 비를 당겨 감아봐
꼭 접은 우산 같은 몸 이제는 활짝 펴봐

겨울을 짓다

새벽을 호호 불며 모시조개 까는 어머니
장화 속 발가락이 찬기에 부르트고
좌판을 동여맨 냉기가 허리를 꺾고 있다

몸에 밴 비린내로 살아온 여자의 생
따가운 시선 위로 아픈 그림자 길어져도
자식들 먹이기 위해 찢긴 가슴 여민다

등에 진 시린 운명 칭얼대며 울음 울어도
갈매기 날갯짓 소리 자식의 안부인 양
수평선 바라보면서 또 하루를 짓는다

3부

피사의 사탑

피사의 사탑

아파트 담벼락에 기우뚱 서있는 식탁
폐기물 스티커를 파스처럼 붙이고
아슬히 기댄 몸 위에 햇볕이 쌓인다

냄비 자국 새겨진 검버섯 핀 얼굴
긁히고 파인 옆구리 기울어진 얇은 다리
한평생 소아마비로 살아오신 아버지다

흔들리던 걸음 위로 뒤뚱대던 밤하늘
싸라기별 등에 지고 구두 닦던 아버지
식솔들 주린 하루를 밤늦도록 기웠겠다

서늘한 말기 암 병동, 쌀겨 같은 얇은 몸
붉은 꽃 쏟으며 삶을 게우는 텅 빈 식탁
햇살이 빈 껍질 등에 따뜻한 연고 발라준다

소금꽃 피는 소리

암 병동 침대 위에 소금 한 알 누워있다
땡볕과 모진 해풍에 육신을 내어준 채
한평생 바닥 뒹굴다 알갱이로 남아있는,

풍랑에 휩쓸리고 암초에 부딪혀도
식솔들 떠올리며 굽은 등 곧추세우고
늑골에 감추어놓은 하얀 꽃 밀어 올리던,

밀물 따라 차오르던 비릿한 인고의 맛
맵싸하고 짭조름하고 씁쓰름한 게 생이라며
저무는 노을을 보며 굳은 몸 말리는 아버지,

대파* 쥐던 야윈 팔에 링거 줄을 매단 채
말기 암 병실에서 뒤척이는 나의 소금
눈부신 바다 냄새가 환하게 피어나는,

* 소금을 긁을 때 사용하는 도구.

하얀 레퀴엠

숨소리가 구워지고 연기가 차오르면
머리 푼 두려움이 온몸을 휘감아요
누구의 노래일까요, 뜨겁게 피는 동백은

삶의 미련이 만개해도 밖으론 나갈 수 없죠
쿨럭이는 리듬을 명치에 쟁여두고
늑골에 고인 기억은 건반처럼 눌러봐요

바람은 매운 침묵의 음역을 넘나들겠죠
이유도 없이 후렴처럼 따라붙는 죄의 이름
붉은 꽃 툭 떨어지면 흔적 없이 지워질까요

굴속은 안온한 덫 하얀 올무가 피어나죠
휘영청 달빛 아래, 섬 그늘이 먹피 흘리면
새까만 다랑쉬굴에 아픈 선율이 익어가죠

귀신과 산다

오목하게 접힌 귀와 그늘 닮은 눈빛 뿌리던
에이포A4 종이처럼 새하얀 피부를 가진
밤마다 심장을 그어 선혈을 머금게 하는

머리 푼 안개 가르며 새벽이면 산책하던
팥을 먹으면 속이 아려 가슴을 두드리던
아직도 내 명치 속에 영구 임대로 세 들어 사는

붉은 입술을 부적처럼 이마에 찍어주던
벚꽃 지는 가로등 아래 추억으로 복사된
육체의 봉인을 풀고 이승에서 영영 떠나간

열매의 기억법

흉터처럼 꽃 진 자리
어란 같은 새살 돋고
채집된 햇살들이 똬리 틀어 익어갈 때
남몰래 뒤척이던 밤
환한 꿈에 젖는다

숨 참고 갈증 견뎌
단내 틔운 한여름은
속울음 쏟아놓던 굴곡진 생의 자국
지난날 돌돌 말아서
가을을 익히고 있다

가빠진 숨결은
알알이 여무는 시간
찬 서리 지워가며 보석들이 채워지면
맨발로 걸어온 허공에
붉은 해를 걸어두리

모래시계

난 내 안의 어둠을 타 넘는 첩보원
누군가 까만 잉크 엎질러 놓은 밤
침대에 시계를 놓고 잠 속으로 파견된다

볼 위로 차갑게 떨어진 빗방울처럼
깊은 잠 마당 위에 툭 나를 떨군다
새들이 땅속을 기고 개미가 하늘을 난다

함성 속 나를 잡으러 최루탄 든 내가 오고
단발머리 어린 내가 뒤로 걸으며 소풍을 간다
뒤집힌 모래시계처럼 거꾸로 가는 기억들

모래가 다 닳기 전에 아침으로 가야 한다
엄마의 불룩한 배가 거친 숨을 몰아쉰다
잉크를 닦아버리자 내가 모두 지워진다

바람의 전서

바람이 날개 펴고 퍼렇게 휘도는 밤
마당은 납작하게 숨소리 삼키고
풍경은 가슴을 치며 처마 밑에서 운다

어둠 껴입은 하늘이 소리 없이 일렁이고
한밤에 팔을 넣어 고요를 젓던 감나무가
바람의 고함에 놀라 순식간에 부러진다

마지막 당신 눈길 머물던 하늘 위로
파발처럼 달리던 풍경의 발굽 소리
꺼지던 우듬지 등불 파리한 당신 입술

바람은 생과 사의 모퉁이를 할퀴고
어둠이 뒹굴던 하늘 하얗게 바래지면
탈색된 당신 얼굴이 아득하게 피어난다

겨울 판화

한겨울 칼바람이 강가에 포개지면
강물에 입을 맞춘 비료 포대 양각되고
부러진 나뭇가지는 실핏줄로 상감된다

숨 놓은 얼음 위에 멈춰진 눈썰매는
기억 속 음각이 된 당신을 데려온다
썰매에 못질을 하던 사포 같은 당신 손

배추를 갈아엎던 날 강가에 홀로 서서
어깨 위 새하얗게 내뿜던 담배 연기
등에 진 삶의 무게를 조각하던 아버지

아픔을 얼리기엔 겨울 강이 최고라며
얼지 못한 바람이 귓가에 속삭일 때
백구의 컹컹 소리가 물에 닿아 얼어간다

북향화 필 때

봄날을 키우느라
햇살에 근육 돋아
웅크린 북향화 생채기 펴는 동안
새하얀 꽃잎 위에는 새소리 만개한다

가슴을 데지 않고 청춘은 없는 법
들끓던 격정 속에
떠난 시간 달래며
모든 색 게워버리고 계절을 건너는 꽃

깊이 팬 상흔에 지난 시간 묻어놓고
북풍에 찢긴 몸
저 홀로 일으킬 때
뜨겁고 시리고 아린, 기억들이 환하다

주름의 기억

움켜쥔 손 놓고서야 비로소 알았다
쥘수록 고개 드는 깨알 같은 욕심들
놓치지 않으려던 자리 주름이 박혀있다

꽉 쥔 손 비워야만 보이는 수많은 길
흔들린 걸음들이 촘촘히 박혀있다
음각된 아픈 발자국 눈으로 만져보면

몸 안에 들지 못한 속죄의 울음들
절뚝거린 날들의 뒤축을 토닥이며
주름진 생을 껴안고 또 새벽을 열고 있다

손금을 걷다

움켜쥔 손을 펴자 주름 안에 누가 있다
호미 쥔 굽은 손, 땀에 젖은 흰 수건
세월 속 점으로 박혀 밭을 매는 어머니

고랑 당겨 쳐다보니 그리움이 쏟아진다
멧비둘기 울음 따라 굵어진 한숨 쉬며
등 말고 쪼그려 앉아 설움을 캐는 당신

산다는 건 맨땅 딛고 홀로 서서 걷는 일
지나온 시간만큼 내일을 걷다 보면
어머니, 손을 흔든다 땡볕 아래 우뚝 서서

가방

어둠이 돌가루처럼 쏟아져 내린 밤
가방을 열자 켜켜이 쌓인 절벽
와르르, 헛디딘 비명 흥건하게 떨어진다

흙빛으로 앓고 있는 가방이 창피해
등 뒤에 매달거나 책상 밑에 숨겼다
으스스, 불어난 신음 달빛을 흔든다

철길 같은 지퍼 열고 찬찬히 살펴보니
크고 작은 위장이 몸속에 가득하다
아야야, 위벽 찌르는 필기구와 빼곡한 책

가녀린 희망 키우며 쓰린 속 채워간다
LED 불빛 받으며 쪼그려 앉은 가방
아이쿠, 설익은 글자 힘겹게 먹는 나였네

주름의 화법

속절없이 살아온 움켜쥔 손을 편다
편애의 이력처럼 안으로 끌어안은
음각된 깊은 상처를 쉽게 펼 순 없었겠다

한여름 갈라진 논바닥 균열처럼
아픔 딛고 바닥 짚어 걸어온 날들은
맨손이 주름으로 견딘 흔들리던 발자국

어른이 된다는 건 깊은 주름 새기는 일
부대낀 시간만큼 굵어지는 빗금처럼
세월이 켜켜이 스며 쌓여가는 손금들

비워야 채워지듯 쥔 손을 펴야 하리
힘겹게 걸어온 길 손안에 새겼으니
지나간 주름의 시간 활짝 펴고 다독인다

4부

붉은 한 끼

붉은 한 끼

엉킨 줄기 당겨서 밭둑에 걸어놓고
땅속에 웅크린 붉은 살을 캐낸다
한 움큼 뭉친 기억이 서녘에 풀어진다

허기진 지난날을 노을이 데려오고
어머니 기운 걸음 들판을 이고 오면
접혔던 아린 하루가 환하게 펴진다

흙 묻은 손으로 건네주던 고구마
바지에 쓱 문질러 농익은 허기 깨물 때
오도독 어금니 따라 부서지던 달큼한 설움

풀벌레 숨 고르는 땅거미 진 고구마밭
길 잃은 밀잠자리 홀로 맴을 돌 때
찢어진 폐비닐 위로 어머니가 펄럭인다

첫눈

문득 고개 들면 내려오는 흰 나비 떼
깨진 병 사이로 흘러내리는 물처럼
살포시 가슴 적시며 내 눈빛을 토닥이겠다

손금 2

차오른 눈물과 한숨,
빗금 속에 숨겨놓고

슬픔이
돋아날까 차마 못 핀 주먹 열면

두려워
가지 못한 길
빼곡하게 펼쳐진다

하현

잘린 살점 한 토막처럼 거리를 헤맨다

기우는 까만 하늘, 누렇게 박힌 너의 얼굴

빛바랜 눅눅한 하루 가슴 위로 떨어진다

스노볼

지우려 애를 쓰며 두 눈을 꼭 감으면

하얗게 떠다니는 눈물에 부푼 얼굴

눈雪 속에 감추어놓은 아득한 추억 한 송이

밤의 호출

한밤을 뒤흔드는 부음에 모인 상가
웃음 짓는 영정 앞에 철퍼덕 머리 푼 밤
목 잘린 새하얀 꽃들 숨 말리며 서있다

식당에 모인 입들 슬픔을 잔에 붓고
철없는 어린 상주 불빛처럼 웃을 때
미망인 애끊는 심정 벽을 타고 흐른다

창밖엔 빗소리가 혈관처럼 기어가고
여자의 휑한 눈빛 검은 창이 토할 때
빗줄기 땅에 부딪혀 노잣돈으로 꽃핀다

동행

백발이 되어서야 차를 가진 늙은 아이
산책길 발소리가 흔들리며 따라간다
무게를 비워내고야 무게를 찾은 인생

광음의 눈물 닦으며 유모차에 기댈 때
앞서간 바퀴자국이 줄이 되어 당긴다
불룩한 손의 힘줄은 말라버린 세월의 강

온몸에 타투된 시간의 지문 더듬으며
억새꽃 가벼운 몸 허공에 곧추세우면
저녁이 고개 숙이고 노을 속에 익어간다

정정재鼎井齋*를 거닐다

목숨 건 지부상소

천년을 울린 문장

한 시대 풍미했던

탄로가 읊는 자리

주역의 기운을 받듯

구전되어 읽힌다

* 안동시 예안면 정산리에 있는 역동 우탁의 묘소 아래 그의 재사인 '정정재'가 있다.

호야를 읽는 아침

햇살의 나이테를 들추자 치렁이는 초록
열대를 건너온 왕조의 아픈 역사가
단단한 침묵의 잎을 푸르게 키우고 있다

잎새마다 꽉꽉 들어찬 유폐된 낱말들이
오체투지 창틀을 기어가는 끝없는 시간
뜨거운 해류를 끌고 창가에 몸을 심었다

숨죽인 자모의 내력이 들숨 날숨 심호흡을 한다
출렁이는 온몸에 뻗어있는 생의 푸른 언어
은근한 햇살을 물고 고독한 사랑*을 피운다

* 열대 지역이 원산지인 호야의 꽃말. 별 모양의 꽃을 피운다.

붉은 새

이른 봄, 세상을 두리번거리는 붉은 새
햇살이 몸을 데워주고 바람이 응원할 때
기우뚱 걸음마 하며 나는 법을 익힌다

깃털이 붉어지고 볕이 좋은 어느 날
나뭇가지 끝에 매달려 심호흡을 하고
우수수 땅을 향해서 비상하는 자목련

소리의 그림자

소리의 그림자를 본 적이 있다
하늘 껍질을 핀셋으로 집어 내리면
우르르 둥근 소리가 쏟아질 것 같은

시작도 끝도 보이지 않던 계절
소리를 지우며 소리로 쌓이던 소리
자석에 붙은 쇠처럼 소리에 끌려다녔다

나는 침몰한 난파선에서 탈출한 쥐
귓속을 헤집는 소리에 흠뻑 젖어
여름의 꼬리를 잡고 바들바들 떨고 있었다

구름버섯* 키우는 의자

월문리 감나무 아래 웅크린 낡은 의자
파이고 긁힌 다리는 거미에게 내주고
가슴엔 구름버섯을 층층이 들여놓았다

먹구름 이고 의자에 앉아 먼 하늘 보던 어머니
한 손에 염주 알 쥐고 무엇을 기원했을까
감잎이 빈 의자 위에 독송讀誦처럼 떨어진다

자신을 다 내어주고 한 생을 사는 것은
가슴속에 손톱달 하나 키우는 일이라서
저무는 서쪽 하늘에 당신을 불러내는데

자식 앞길에 맑은 햇살 기원하던 당신의 자리
의자가 소리 없이 구름 경전을 키우고
삐거덕, 바람 한 올이 살며시 내려앉는다

* 운지버섯.

밑장

바람의 손안에 패들이 펼쳐진다
단풍잎 흔들어 스산해진 가을밤
달빛은 체면도 없이 곁눈질이 한창이다

버려질 패처럼 흔들리는 몸짓들
추락하지 않으려는 안간힘이 숨 가쁘다
후드득, 불안의 순간 굴려야 할 밑바닥

낙장불입, 흔들다 떨어지면 끝장이다
빛으로도 닿지 못할 기억의 저편처럼
쓸쓸한 배후가 되어 나뒹굴다 사라질 생

바람은 패들을 접고 또 펼치며
늦가을 손님을 살며시 불러 앉힐 때
보굿*에 숨긴 밑장을 남몰래 꺼내 든다

* 나무줄기에 비늘같이 덮여있는 겉껍질.

| 해설 |

지금 이 시대에 가장 적합한 시조를 쓰고 있는

이승하 시인·중앙대 교수

시조의 정형성은 시조가 갖고 있는 최대의 강점이면서 태생적인 약점이기도 하다. 근년에 들어 사설시조와 엇시조가 유행하면서 시조의 변격이 심해지고 있다. 중장을 완전히 자유시로 쓰면 안 되고 그 안에서도 시조의 운율이 느껴져야 하는데 자유롭게 쓰는 시조시인들이 꽤 된다. 초장과 중장은 대체로 3/4/3/4조이고 종장은 3/5/4/3조인 시조는 일본 하이쿠의 5/7/5에 비하여 훨씬 자유로운 셈이다. 하이쿠는 계절어라는 또 다른 제약이 있다. 1300년경부터 발흥하여 700년이 넘는 역사를 갖고 있는 시조의 가장 큰 고민거리는 전통의 영향을 떨쳐버릴 것인가, 지켜나갈 것인가 하는 데 있다고 본다. 떨쳐버리면 자유시에 다가가게 되어 시조의 정형성이 깨지고, 지켜나가면 고풍스러운 낡은 집이 되고 만다. 주어진 틀 안에서 얼마나 상상력을 잘 발휘하고 감각적인 언어를 잘 구사하느냐 하는 문제는 이 시대, 이 땅의 시조시인들에게 여간 중요한 문제가 아니다.

김나비 시인은 이번에 제2 시조집을 상재한다. 그런데 김 시인은 아주 특이하게도 이미 시조집 한 권과 시집 두 권, 수필집을 두 권 낸 바 있다. '한국가사문학대상'을 수상해 가사시집을 공저로 낸 적도 있다. 여러 장르에 걸쳐 아주 활발하게 활동하고 있는데 주요 문학상도 여러 개 수상, 지금 가장 핫한 시절을 보내고 있는 분이 아닌가 한다.

이번에 시조집 원고를 읽으면서 깜짝 놀랐는데, 바로 디지털 문명의 총아인 컴퓨터, 스마트폰, 정보 통신, 메타버스, 사이보그 등의 세계를 주로 다루고 있기 때문이다. 인간은 오늘날 기계 앞에 앉아 있고, 기계를 다루고 있고, 기계의 간섭을 받고 있고, 기계에 의존해 살고 있다. 아직도 많은 시조시인이 자연의 변화에 민감하고 인정에 연연하는데 김나비 시인은 남들이 갔던 길을 따라가지 않고 시조라는 견고한 형식으로 변화무쌍한 디지털 문명과 대적하고 있다. 싸우기도 하고 화해하기도 한다. 조화를 이루기도 하고 거부감을 표하기도 한다. 이런 낯선 시조를 쓰고 있는 줄 몰랐다. 제일 앞에 놓인 시조부터 감상해

보고자 한다.

식물처럼 쓰러져 울지 않기로 약속해요
머리를 풀어 헤치고 높이뛰기를 해봐요
단번에 훨훨훨 휘는 불꽃이 될 수 있어요

우주선에서 내려와 첫발을 떼어볼까요
마음을 손에 들고 저글링을 하면서
구겨진 시간을 펴고 새로이 출발해요
–「아르누보art nouveau」1, 2연

예술은 앞 시대를 모방하거나 답습하지 않고 반역을 꿈꾸어야 한다. 그리스·로마의 문화와 예술을 본받자는 고전주의는 자유와 개성을 외치는 낭만주의자들에 의해 무참히 기가 꺾였다. 자유와 개성은 무슨 개뿔, 사회와 역사와 공동체에 대한 책임을 다해야 한다는 사실주의가 낭만주의를 벼랑으로 내몬다. 이와 같이 전 시대의 예술 양식과 정신을 부정하는 데서 새로운 예술이 출발하는 것이다. 다다이즘이나 초현실주의 같은 극단적인 방법론을 주창한 이들도 있었지만 19세기 말의 아르누보는 비교적 온건한 개혁주의였다. 아르누보는 미술에서 시작되었고 그리 오래가지는 못했지만 전통으로부터 이탈해 새로운 양식의 창조를 지향, 자발적이고 단순하고 기술적인 완결성을 이상으로 했다. 특히 자연과 유리되지 않은 식물의 자연 그대로의 형태에서 예술적 모범을 찾아내고자 애썼다.

김나비 시인은 시와 시조를 함께 쓰면서 고민을 많이 했을 것이다. 시는 얼마든지 파격이 가능한데 시조는 음수율을 지키지 않으면 시가 돼버리니 함부로 실험정신을 발휘할 수 없다. 「아르누보」는 바로 그런 고민이 담겨 있는 작품이다.

우선 과거에 구축된 문학적 전통을 답습하지 않겠다는 다짐을 제1연과 2연에서 한다. "우주선에서 내려와 첫발을 떼어볼까요"를 보면 시적 화자가 우주인이다. "마음을 손에 들고 저글링을 하면서/ 구겨진 시간을 펴고 새로이 출발"하겠다는 것은 나 자신 앞으로 시조를 쓸 때 구태의연한 내용으로는 절대 쓰지 않겠다는 결심을 한 것으로 볼 수 있다.

> 절룩이던 초록별의 기억은 버리세요
> 당신이 당신에게서 먼지처럼 자유로운 곳
> 여기는 아르누보죠 지금부터 시작이에요
> –「아르누보」 3연

제3연의 초장에 나오는 초록별은 당연히, 우리가 살아가고 있는 이 지구다. "절룩이던 초록별의 기억은 버리세요"는 일종의 선언이다. 700년이나 내려온 전통을 어떻게 버릴 것인가? 나 김나비 시조시인은 먼지처럼 자유롭게(!) 써볼 참이다. 아르누보의 방법으로. 지금부터 다부지게 해보려는 시인의 각오를 이 한 편의 시조로 천명했다고 볼 수 있다. 다음 시조는 제목이 '물음'과 '도원'의 합성어다. 무릉도원이 아니라 물음도원인데 뭘 물어보는 것인가?

데이터를 내려받고 플랫폼에 들어가요
일상의 틈 속엔 별천지가 숨어있죠
아바타! 다인칭의 내가 그곳에 살아요

클릭 한 번이면 날개 없이도 하늘을 날고
노랑머리에 장검을 들고 바다도 건널 수 있죠
손안의 무릉도원이 끝없이 문을 열죠
—「물음도원」 전반부

이상향을 뜻하는 무릉도원은 원래 도연명이 지은 「도화원기」에 나온다. 중국 서진시대 무릉에 사는 한 어부가 고기를 잡기 위해 계곡을 올라가다가 복숭아 꽃잎이 내려오는 것을 보았다. 더 올라가 보니 복숭아꽃들이 만발한 아름다운 계곡이 있었는데 안쪽의 굴속에 들어가자 아주 아름다운 마을이 펼쳐져

있는 게 아닌가. 거기 사는 사람들은 진秦나라 때 사람으로, 난리를 피해 여기 들어왔는데 시간이 얼마나 지났는지도 모르고 있었다. 어부는 바깥세상 얘기를 해주고 융숭한 대접을 받았다고 한다. 이 시조의 화자는 정보 통신의 시대에 기계를 만지면서 살아가고 있다. "데이터를 내려받고 플랫폼에 들어"갔더니 그 안, "일상의 틈 속"에 "별천지가 숨어있"다고 한다. 그곳에서 "다多인칭의 내가" 아바타로 살아가고 있다. "클릭 한 번이면 날개 없이도 하늘을 날고/ 노랑머리에 장검을 들고 바다도 건널 수 있"다. 게임의 세계가 그렇다. 가상화폐의 세계가 그렇다. 인공지능의 세계가 그렇다.

내 손안의 무릉도원이 끝없이 문을 열고 나를 부른다. 우리가 게임에 빠지면 현실을 잊고 완전히 무릉도원의 세계에서 살게 된다. 현실세계의 나는 잔뜩 주눅 들어 있는데, 나의 아바타는 그 세계에서 영웅일 수 있다. 지배자일 수 있다.

입장과 동시에 팔로워들이 반겨요
아바타가 된 멋진 나를 나조차 믿기 힘들죠
황홀한 메타버스 속 다른 삶을 즐겨요

이름과 얼굴 피부색도 수시로 바꿔요
어느 날 문득 무릉이 물음으로 변하겠죠

당신은 누구인가요 알맹이는 어디 있나요

–「물음도원」 후반부

물음도원에서는 입장과 동시에 팔로워들이 반긴다. 아바타가 된 '멋진' 나는 나조차 믿기 힘들고, 황홀한 3차원 가상세계인 메타버스 속에서 다른 삶을 즐길 수 있다. 현실세계가 어떻게 되든 상관없이.

게임에 몰두한 청소년 중 일부는 그 세계에서 빠져나오기 어렵다. 정신과 치료를 받기도 한다. 많지는 않지만 게임으로 유명 인사가 되어 돈을 많이 벌기도 한다. 이 세계에서는 이름과 얼굴, 피부색도 수시로 바뀐다. "어느 날 문득 무릉이 물음으로 변하겠죠"는 무슨 뜻인가? 이상세계가 현실세계로 바뀔 수도 있고, 현실세계가 가상세계로 바뀔 수도 있다는 이야기다. 이 의문투성이의 세계에서 시인은 자문한다. "당신은 누구인가요 알맹이는 어디 있나요" 하면서. 요즈음 정보 통신의 발달 속도를 보면 5년 뒤를, 10년 뒤를 예측하기 어렵다. 엄청나게 빨리, 제멋대로(?) 변하고 있다.

난류와 한류가 만나는 인터넷 바다

은밀함이 출렁이는 가상공간에 밤이 들면

하나둘, 어화를 켜고 누리꾼이 몰려들죠

포인트가 정해지고 의자를 당겨 앉아요
삭제할 정보를 꿰고 추를 멀리 던지면
커서가 빛의 속도로 사이트를 찾아가죠
–「당신을 지워드립니다 - 디지털 장의사」 전반부

이 시도 역시 디지털시대의 변화에 대해서 말하고 있다. 인터넷 바다에서는 난류와 한류가 만나 어장이 형성되고 "은밀함이 출렁이는 가상공간에 밤이 들면/ 하나둘, 어화漁火를 켜고 누리꾼이 몰려"든다. 제2연은 게임방의 광경 같기도 하고 도박장의 모습 같기도 하다. 컴퓨터시대에 "떠도는 악성 댓글은 미늘처럼" 사람에게 상처를 준다. 흉터를 남긴다. 유튜브 뉴스를 보라. 싱싱하게 복제된 루머가 얼마나 많은가.

시간을 감았다 풀며 웹서핑을 하다 보면
싱싱하게 복제된 루머가 손맛을 당겨요
떠도는 악성 댓글은 미늘처럼 상처를 내죠

비릿한 동영상이 유통될까 염려 마세요
촘촘히 삭제하고 잊힐 권리 찾아요
제로의 디지털 기록, 온라인 족적 염殮해드려요

–「당신을 지워드립니다 - 디지털 장의사」 후반부

디지털 문명은 우리로 하여금 족적을 사방에 남기게 한다. 카드를 쓰면 쓸 때마다 행적이 남고 CCTV는 현대인의 일거수 일투족을 살피고 있다. 아마도 신종 사업 중에 '당신을 지워드립니다' '비릿한 동영상이 유통되지 않도록 해드릴게요' '디지털 기록을 제로로 해드리죠' '온라인 족적을 염해드리죠' 하는 광고를 내면 크게 성공할 것이다. 당신을 지워드리는 일이 신종 업종이 될 것이다. 「블랙 유토피아」는 이번 시조집이 거둔 수확 중 가장 빛나는 작품이다.

피켓 들고 모여든 그림자 없는 사람들
죽을 권리 부여하라! 육체 재투입 반대한다!
광장에 쏟아진 구호 축축하게 얼룩진다

영원한 삶 가져온 원치 않는 시간 확장법
죽음을 돌려달라! 인체 복사기 해체하라!
영생을 반납하려고 정부 청사 간 사람들
–「블랙 유토피아」 전반부

시조인데 자유시보다 더 자유스럽다? 상황에 대한 비판의

식, 기상천외한 상상력, 절묘한 해학성이 이 시의 질적 향상에 힘쓰고 있다. 언론에 보도된 내용을 그대로 가져오지 않고 시적으로 변용시키는데 그 수법이 예사롭지 않다. 어떤 식으로 이어질지 궁금증을 유발한다.

죽음은 신도 못 가진 숨겨둔 몸속 보물
불로장생 필요 없다! 소확행 원한다!
그들은 반란자 되어 쥐의 몸에 재투입된다

하늘에 잔별이 총알처럼 타투되고
죽음을 얻지 못해 늘어나는 그림자
함성이 찍찍거리며 광장을 갉아댄다
–「블랙 유토피아」 후반부

정부를 상대로 시위에 나선 일군의 사람들을 쥐로 하는 생명실험에 빗대어 상황을 비판하고 풍자한다. "영생을 반납하려고 정부 청사 간 사람들"도 그렇지만 "죽음은 신도 못 가진 숨겨둔 몸속 보물"이라거나 "함성이 찍찍거리며 광장을 갉아댄다" 같은 표현의 상징성은 놀라움을 넘어서 경악스럽다. 시가 전체적으로 은유적인데 그래서 제목이 더욱더 의미심장하다. 우리가 꿈꾸었던 세상은 영영 오지 않을 것인가. 죽음밖에 길이 없단 말인가.

이 외에 시조 「타임슬립」 「번아웃」 「디스토피아」 「도플갱어」 「데드 캣 바운스」 「보디패커」 등도 SNS와 디지털 문화가 선도하고 있는 작금의 세태에 대한 성찰과 미래에 대한 고찰로 볼 수 있다. 이 땅의 시조가 대체로 과거를 반추하는 일에 집중해 온 데 반해 김나비의 시조는 미래사회를 예측하는 일에 할애되는 경우가 많다.

도착하면 무조건 뛰어 누구도 믿지 마
지난날이 후회되면 시간 속으로 건너가
통한은 얼어붙은 돌, 돌을 깨고 너를 꺼내

바꾸고 싶은 순간으로 고양이처럼 달려가
젖은 옷을 벗고 산뜻하게 다시 사는 거야
시간의 문이 열리고 넘어오는 미래 사람들

과거를 가방에 담고 벌거벗은 채 착륙한다
마블링이 된 시간 속 말라가는 오늘에서
얼룩진 순간을 닦고 새로운 어제를 살아
–「타임슬립」 전문

우리는 돌연변이, 불가해한 지구의 종양
육체 사별 프로그램을 다운로드한 뒤에
몸속에 자멸 센서를 장착하고 실행한다

생각이 조각나고 액체처럼 살이 흐른다
멍치에 붉게 번지는 축축한 기억들
영혼은 무엇이었나 왜 육체에 갇혀있었나

변형과 복제된 연속 공간이 열리고
좌표도 시간도 없는 무한 현간玄間을 떠돈다
깔리는 두꺼운 침묵, DNA가 굴절된다
–「번아웃」 전문

이 두 편의 시조를 보면 요즈음 사람들의 입에 자주 오르내리는 냉동인간, 정자와 난자 은행, 줄기세포, 장기이식, 세포복제, 의료윤리 등의 어휘가 떠오르고 〈아바타〉 〈인터스텔라〉 〈듄〉 〈헝거게임〉 〈그래비티〉 같은 영화의 장면들이 떠오른다. 「타임슬립」은 한마디로 말해 시간에 대한 연구다. 개인 혹은 집단이 알 수 없는 이유로 시간여행을 하는 초자연현상을 타임슬립이라고 하는데 인간에 의한 시간 개념인 과거-현재-미래가 뒤바뀔지도 모를 일이다. 「번아웃」은 육체의 안과 밖, 그리고 육체와 기억과 영혼에 대한 연구다. 우주과학이나 천체물리학의 세계를 다룬 시조시인은 지금까지 없었다. "복제된 두뇌를 어떤 몸에 넣을까요/ 약한 건 죄악이죠 죄에서 벗어나요/ 여기는 디스토피아/ 사이보그 천국이죠"로 끝나는 「디스토피아」도 요즈음 유기물 신체 부위와 생체기계공학적 신체 부위를 모두 갖춘 사이보그를 다루고 있다. 예측이 잘 안되는 미래 – 그래서 이들 작품은 시조임에도 꽤 낯설게 다가온다.

제1부의 시조가 변화된 현재와 상상이 가는 미래를 다루고 있다면 제2부에는 우리 사회를 진단하는 작품들이 보인다. 제일 첫 시조는 문명사를 다룬 것이다.

수만 년 전 들소가 동굴 벽에 갇혀있다
상처 입은 몸으로 암벽에 숨기 위해
바닥에 숨을 고르며 고통을 참았겠다

입구까지 따라온 햇빛을 떼내려고
암벽에 기댄 채 머리 숙여 움츠린 몸
들소의 핏발 선 눈빛, 맥박처럼 두근댄다

어둠으로 연명하며 한기를 떨쳐낼 때
언젠가 뿔을 세워 광야를 휘달릴 꿈

태곳적 푸른 숨소리 아린 내로 박혀있다

—「알타미라」 전문

각주에 잘 설명되어 있는데, 스페인 북부에 있는 알타미라동굴에는 기원전 15000년경에 인류의 조상이 들소 사냥을 하고 살았음을 알 수 있게끔 하는 벽화가 그려져 있다. 수렵을 주로 한 구석기시대였는데, 벽화는 인간이 사냥을 하고 살았다는 것을 입증해 줄 뿐 아니라 예술적인 재능을 가진 사람들이 그때 있었음을 알 수 있게 한다. 어떻든 인간이 돌도끼 같은 것으로 사냥을 해서 식량을 확보했음을 그림은 증명해 주고 있다.

산업화 이후의 세계에서는 에너지 확보가 중요했는데 20세기까지만 하더라도 우리는 석탄을 캐어 기차를 움직였고 난방을 하였다. "헤드랜턴 불빛을 목숨 삼아 맥을 찾다/ 힘줄같이 튀어나온 단층의 자취에서/ 추락한 비행의 궤도, 그 기억을 읽는다"(「새의 화석」)고 하면서 알타미라동굴에서 한국 동굴(탄광)의 사고 현장으로 자리를 옮기기도 한다. 아버지만 노동의 현장에서 땀을 흘렸던 것이 아니다.

새벽을 호호 불며 모시조개 까는 어머니

장화 속 발가락이 찬기에 부르트고

좌판을 동여맨 냉기가 허리를 꺾고 있다

–「겨울을 짓다」1연

황혼이 펄을 적시면 지친 하루를 밀며
널빤지에 몸을 싣고 서둘러 뭍에 올랐을
어머니, 야윈 발 위에 별빛이 내려앉는다
–「발의 소묘」3연

이런 시조를 우리는 삶의 시조 혹은 생활인의 시조라고 할 수 있을 것이다. 위의 두 편은 계속해서 밀려드는 세파와 싸우면서 자식을 길러낸 어머니의 노동을 예찬하고 있는 작품이다. 김나비 시인은 가족사적인 이런 작품에서 머물지 않고 이웃의 삶에 대한 관찰로 시야를 확대한다.

그의 품으로 들어간 검은 세단이 주춤거리고
뒤쫓던 타이탄이 가드레일에 부딪히면
하얗게 팔 벌린 안개, 무언의 말을 푼다

매캐한 차의 연기와 뒤섞인 몸속에서
운명선 끊긴 청년이 허공을 응시한다
사는 건 형체도 없이 흩어지는 물방울
–「안개의 잠언」전반부

택배 기사의 노크 소리만 현관을 들락거리고
퀴퀴한 시간이 굴러다니는 임대아파트
적막이 야윈 몸 위로 켜켜이 쌓인다

문에는 광고 전단이 기미처럼 나붙고
토사물 같은 고지서들이 바닥에 뒹굴 때
바사삭 멈춘 꽃잎 속 마른 미소가 환하다
–「드라이플라워」 후반부

이런 시조를 보면 시인의 시각이 참으로 다양하다는 것을 알 수 있다. 상당수의 현대시조가 자신의 내면세계를 탐색하여 독백조로 진행되는 경우가 많은데 김나비 시인의 작품은 이와 같이 문명사와 사회현상에 대한 진단과 처방전 쓰기에 힘쓰고 있어 톤이 굵다고 할까, 소재의 진폭도 아주 넓고 주제의 깊이도 남다르다. 타이탄 트럭을 몰던 젊은 청년이 사고가 나 죽은 현장을 스케치한 「안개의 잠언」이나 "택배 기사의 노크 소리만 현관을 들락거리"는 "퀴퀴한 시간이 굴러다니는 임대아파트"에서 사는 사람들의 각박한 삶을 다룬 「드라이플라워」는 갓 잡힌 고등어처럼 펄떡펄떡 뛰는 이미지를 보여주고 있다. 즉, 김나비 시인의 시조는 고색창연한 시절가조가 아니다. 시조의 전통을 지키되 그 어떤 자유시보다도 더 적극적으로 현실과 현대를, 문명사와 미래사회를 다루고 있다.

제3부의 주인공은 아버지다. 시인의 아버지일 수도 있겠지만 이 땅의 아버지들에 대한 따뜻한 응원의 시조라 생각된다. 여러 편이 콧잔등을 아프게 한다.

> 아파트 담벼락에 기우뚱 서있는 식탁
> 폐기물 스티커를 파스처럼 붙이고
> 아슬히 기댄 몸 위에 햇볕이 쌓인다
>
> 냄비 자국 새겨진 검버섯 핀 얼굴
> 긁히고 파인 옆구리 기울어진 얇은 다리
> 한평생 소아마비로 살아오신 아버지다
>
> 흔들리던 걷음 위로 뒤뚱대던 밤하늘
> 싸라기별 등에 지고 구두 닦던 아버지
> 식솔들 주린 하루를 밤늦도록 기웠겠다
>
> 서늘한 말기 암 병동, 쌀겨 같은 얇은 몸
> 붉은 꽃 쏟으며 삶을 게우는 텅 빈 식탁
> 햇살이 빈 껍질 등에 따뜻한 연고 발라준다

–「피사의 사탑」 전문

소아마비를 앓아 피사의 사탑처럼 몸이 기우뚱해진 화자의 아버지는 구두를 닦으며 살아간다. 이런 소재야 어찌 보면 낡은 것이다. 하지만 마지막 제4연에 이르면 평범했던 이 시조가 경이로운 작품으로 발돋움한다. 이미 말기 암 환자인 아버지는 죽음의 문턱에 다다라 있다. 그 아버지를 쌀겨, 붉은 꽃(피), 텅 빈 식탁, 빈 껍질인 등, 따뜻한 연고라는 다섯 가지 사물로 위무하는 시인의 연민의 정에 감동하지 않으면 문학을 모르는 사람이리라. 형식을 갖추기는 쉽지만 품격을 갖추기는 어렵다. 거기다 감동을 주기는 더 어려운데 이 작품은 그 모두를 갖추고 있다. 속편 격인 시조가 바로 뒤에 나온다.

암 병동 침대 위에 소금 한 알 누워있다
땡볕과 모진 해풍에 육신을 내어준 채
한평생 바닥 뒹굴다 알갱이로 남아있는,

풍랑에 휩쓸리고 암초에 부딪혀도
식솔들 떠올리며 굽은 등 곧추세우고
늑골에 감추어놓은 하얀 꽃 밀어 올리던,

밀물 따라 차오르던 비릿한 인고의 맛
맵싸하고 짭조름하고 씁쓰름한 게 생이라며
저무는 노을을 보며 굳은 몸 말리는 아버지,

대파 쥐던 야윈 팔에 링거 줄을 매단 채
말기 암 병실에서 뒤척이는 나의 소금
눈부신 바다 냄새가 환하게 피어나는,
–「소금꽃 피는 소리」 전문

이 시조는 네 개 연이 모두 쉼표로 끝나고 있다. 그래서인지 여운이 더욱 짙게 남는다. 아버지를 "소금 한 알"이라고 지칭한 이유는 "땡볕과 모진 해풍에 육신을 내어준 채/ 한평생 바닥 뒹굴다 알갱이로 남아있는," 존재이기 때문이다. "늑골에 감추어 놓은 하얀 꽃 밀어 올리던,"도 그렇고, "맵싸하고 짭조름하고 씁쓰름한 게 생이라며/ 저무는 노을을 보며 굳은 몸 말리는 아버지,"도 절묘한 표현이 아닐 수 없다. 나의 소금에게서 "눈부신 바다 냄새가 환하게 피어나는,"으로써 이 시조가 마무리된다. 앞의 시조와 짝을 이루는 이 작품은 근년의 한국 시조 시단이 거둔 최고의 수확이 아닌가 한다.

시인은 「가방」「주름의 기억」「주름의 화법」「열매의 기억법」 등에서 성장기 때의 아픈 추억을 더듬기도 한다. 「모래시계」와 「붉은 한 끼」 「구름버섯 키우는 의자」에서는 어머니의 초상을, 「겨울 판화」에서는 아버지의 잔영을 다시 그려보기도 한다. 이들 시조에는 그리움과 외로움의 정서가 촉촉이 배어 있고, 아픔과 슬픔으로 채색되어 있다.

제4부의 작품은 제3부의 시와 크게 다르지 않은 시 세계를 보여주고 있어서 따로 떼어 논의할 것은 없을 듯하다.

이제 마지막으로 김나비 시인에게 당부하는 말을 적는 것으로 해설 쓰기를 마칠까 한다. 전체 4부로 되어 있는데 제3부에서 「피사의 사탑」과 「소금꽃 피는 소리」 같은 명작을 만날 수 있어 좋았지만 이런 농촌(어촌)을 배경으로 전개되는 가족주의 소재는 이미 낡은 것이다. 인정 미담에 호소하는 시조는 낯익은 것이고 낡은 것이다. 앞으로 김나비 시인이 이 땅의 소중한 시조시인으로 도약하기 위해선 제1부의 세계에 더욱더 천착하는 것이 바람직하다. 끝난 것이 아닌 팬데믹 현상, 지구온난화, 전운이 감도는 지구촌, 가족해체, 1인 가정의 급증, 인공지능의 확산, 인구 축소와 농촌 공동화 현상, 빈익빈부익부, 소외계층에 대한 인권유린 등 수많은 난제에 대해 고민하는 흔적을 보여주면 좋지 않을까?

김나비 시인의 주특기는 기계문명, 특히 정보 통신이 우리의 삶을 지배하는 지금 이 시대에 대한 세심한 고찰과 유쾌한 풍자다. 이것을 계속 밀고 나갈 것을 바란다. 인공지능이 이미 그림도 그리고 작곡도 한다. 신문 기사도 쓰고 보고서도 작성한다. 소설도 곧잘 쓰고 시도 비슷하게 쓴다. 그렇기 때문에 새로운 소재 발굴에 전력을 기울이기 바란다. 다음 두 작품을 보라.

함몰된 오늘을 안고 비행을 떠난다
밀봉한 캡슐 속에 내일을 담았으니
복통이 들쑤셔 대도 숨을 참고 견디자

장딴지에 경전을 몰래 숨긴 칙사勅使는
마구니 눈을 피해 왕비를 구했다는데
무사히 보안검색대 통과할 수 있을까
－「보디패커bodypacker」 전반부

잘린 살점 한 토막처럼 거리를 헤맨다

기우는 까만 하늘, 누렇게 박힌 너의 얼굴

빛바랜 눅눅한 하루 가슴 위로 떨어진다
－「하현」 전문

전자는 낯선 세계여서 신선도가 높고 후자는 낯익은 세계여서 신선도가 낮다. 마약을 신체 내부에 숨겨 운반하는 사람과 하현달을 바라보는 사람 중에 독자는 당연히 보디패커, 즉 마약 운반자에게 관심을 기울이게 마련이다. 공항의 보안검색대가 일반적인 거리보다 훨씬 긴장감을 주는 장소가 된다.

제1부 열세 편은 시조의 정형을 갖추고 있지만 충만한 실험정신이 눈을 휘둥그레 뜨게 만들었다. 이미 표현력은 어느 정도 경지에 올라 있으니 소재의 발굴과 주제의 깊이에 노력을 집중하면 이 땅의 소중한 시조시인으로 자리매김할 수 있을 것이다. 그날이 오리라 믿고 기다려볼 생각이다.

타임슬립

—

초판 1쇄 2024년 12월 26일
지은이 김나비
펴낸이 김영재
펴낸곳 책만드는집

—

주소 서울 마포구 양화로3길 99, 4층 (04022)
전화 3142-1585·6
팩스 336-8908
전자우편 chaekjip@naver.com
출판등록 1994년 1월 13일 제10-927호

* 잘못 만들어진 책은 구입하신 서점에서 바꾸어 드립니다.
* 이 책은 충청북도, 충북문화재단의 후원을 받아 예술창작활동지원사업의 일환으로 발간되었습니다.

—

ISBN 978-89-7944-890-0 (04810)
ISBN 978-89-7944-354-7 (세트)